Sant Aeddan o Ddinas Gwernin
Saint Aidan of Ferns
Naomh Aodhán Fhearna

Christopher Power

Hanes Sant Aeddan: ei fywyd a'r ffynhonnau sanctaidd a enwyd ar ei ôl

Cyfrol 3 yn y gyfres: **Ffynhonnau Sanctaidd Llwch Garmon a Phenfro**

Cysylltiadau Hynafol | Llwybrau Pererindod Llwch Garmon a Phenfro | Parthian Books

The story of Saint Aidan: his life's journey and the holy wells in his name

Volume 3 in the series: **Holy Wells of Wexford and Pembrokeshire**

Ancient Connections | Wexford-Pembrokeshire Pilgrim Way | Parthian Books

Scéal Naomh Aodhán: a bheatha agus na toibreacha beannaithe a ainmníodh as

Imleabhar 3 sa tsraith: **Toibreacha Beannaithe Loch Garman agus Sir Benfro**

Ceangal Ársa | Bealach Oilithreachta Loch Garman agus Sir Benfro | Parthian Books

Cyfrol 3 yn y gyfres

Ffynhonnau Sanctaidd Llwch Garmon a Phenfro

Mae ffynhonnell ddibynadwy o ddŵr glân yn hanfodol i unrhyw gymuned, felly nid yw'n anodd deall pwysigrwydd ffynhonnau i bobloedd cyn-fodern. Yr hyn sy'n fwy cymhleth yw'r berthynas gyfriniol mae dynol ryw wedi'i datblygu â safleoedd a ystyriwyd yn rhai cysegredig hyd yn oed cyn dyfodiad Cristnogaeth. Cyfres o bum llyfryn sy'n dathlu ffynhonnau sanctaidd mewn dwy ardal â hynafiaeth a hanes cyffredin yw *Ffynhonnau Sanctaidd Llwch Garmon a Phenfro*. Ers yr Oes Efydd ac efallai ynghynt, bu teithio dros y môr rhwng y ddwy wlad yn fodd o rannu traddodiadau ac enwau cyffredin sy'n gysylltiedig â ffynhonnau'r ddwy ardal. Mae'r hen gyfeillgarwch rhwng dau sant Cristnogol cynnar yn arwyddocaol hefyd: Dewi a ddaeth yn Esgob cyntaf ar Dyddewi; ac Aeddan a aned yn Iwerddon ond a dreuliodd amser yng Nghymru cyn sefydlu mynachlogydd yn Iwerddon, gan gynnwys un yn Ninas Gwernin. Mae ffynnon wedi'i chysegru i Dewi yn Bearna na hAille (Oilgate), Llwch Garmon ac mae ffynnon wedi'i henwi ar ôl Aeddan ym Mhorth Mawr ger Tyddewi. Mae pob un o'r pum llyfryn yn ymdrin â'r pwnc o safbwynt gwahanol, gan gynnwys ffuglen, barddoniaeth ac ysgrifau yn ogystal â ffotograffau a phrintiau.

Ysgrifennwyd y gyfrol hon gan Christopher Power, hanesydd a llyfrgellydd sy'n byw yn Ninas Gwernin. Mae wedi olrhain hanes *Sant Aeddan o Ddinas Gwernin*, sylfaenydd esgobaeth Dinas Gwernin, a'i esgob cyntaf, trwy'r lleoedd a enwyd ar ei ôl, yr olion archeolegol a'r llenyddiaeth sy'n seiliedig ar fucheddau'r Seintiau cynnar ac sy'n adrodd yr hanesion am wyrthiau Aeddan.

ENGLISH

Volume 3 in the series:
Holy Wells of Wexford and Pembrokeshire

A reliable and clean source of water is essential for any community, so it is easy to understand how important wells were for pre-modern peoples. More complex is the mystical relationship humans have developed with these sites, which are imbued with a sacredness that predates Christianity. *Holy Wells of Wexford and Pembrokeshire* is a series of five chapbooks celebrating holy wells in two regions with common ancestry and history. Since at least the Bronze Age, sea travel between these two lands has meant cross fertilisation of traditions and common names associated with wells of both regions. Of significance is the long-standing friendship between two early Christian saints: David, who became the first Bishop of St Davids; and Aidan, born in Ireland, who spent time in Wales and then founded monasteries in Ireland, including at Ferns. In Oilgate, Wexford, there is a well dedicated to David and, at Whitesands near St Davids in Pembrokeshire, there is one named after Aidan. Each of the five books approaches the subject from a different perspective, including fiction, poetry and essays as well as photographs and prints.

This volume *Saint Aidan of Ferns* is written by Christopher Power, a historian and librarian living in Ferns. He has tracked the story of Saint Aidan, the founder and first bishop of the diocese of Ferns, through the places named after him, the archaeological remains and the literature that recounts his miraculous works, based on the hagiographies of the early Saints.

GAEILGE

Imleabhar 3 sa tsraith:
Toibreacha Beannaithe Loch Garman agus Sir Benfro

Bunriachtanas do phobal ar bith foinse ghlan iontaofa uisce, mar sin is furasta a thuiscint a thábhachtaí a bhí toibreacha do lucht an tseansaoil. Rud níos casta is ea an ceangal misteach a d'fhorbair idir daoine agus na háiteanna seo lena mbaineann naofacht is sine ná an Chríostaíocht. Sraith cúig leabhrán é *Toibreacha Beannaithe Loch Garman agus Sir Benfro*, sraith ina ndéantar céiliúradh ar na toibreacha beannaithe atá sa dá réigiún sin ag a bhfuil oidhreacht agus stair choiteann. Ón gCré-umhaois i leith, ar a laghad, de bharr na dturas farraige idir an dá réigiún, cros-síolraíodh agus scaipeadh seanchas agus cáil na ndaoine a luaítí leis na toibreacha sin. Tá tábhacht ar leith leis an gcairdeas buan idir beirt naomh den Luath-Chríostaíocht: Dáibhí, céad easpag Tyddewi; agus Aodhán, a rugadh in Éirinn, a chaith seal sa Bhreatain Bheag agus a bhunaigh mainistreacha in Éirinn, ceann i bhFearna san áireamh. I Maolán na nGabhar, Contae Loch Garman, tiomnaíodh tobar beannaithe do Dháibhí agus in aice Porth Mawr in Sir Benfro ainmníodh tobar eile as Aodhán. Téann gach leabhrán i ngleic leis an ábhar ar bhealach éagsúil – ficsean, filíocht, aistí, grianghraif agus priontaí uile san áireamh.

Is é Christopher Power, staraí agus leabharlannaí a bhfuil cónaí air i bhFearna, a scríobh an t-imleabhar seo. Tá scéal *Naomh Aodhán Fhearna*, bunaitheoir agus céad easpag dheoise Fhearna, rianaithe aige tríd na háiteanna a ainmníodh as, na hiarsmaí seandálaíochta a fágadh ina dhiaidh agus na míorúiltí a rinne sé de réir chuntais an naomhsheanchais.

Interior of Saint Mogue's Well, Ferns, County Wexford

Radharc laistigh de Thobar Naomh Maodhóg, Fearna, Contae Loch Garman

Saint Aidan of Ferns: his life's journey and the holy wells in his name

Introduction

Saint Aidan, the founder and first bishop of the diocese of Ferns, was born at Inis Bragh-Muigh in East Breifne in what is now Mogue's Island on Templeport Lake in County Cavan, approximately 520 to 550 A.D

There are two holy wells dedicated to St Aidan; St Mogue's Well in Ferns, County Wexford and St Maedhog's well at Whitesands, Pembrokeshire. Additionally, there are a number of churches and cathedrals including St Edan's Cathedral in Ferns (the smallest Cathedral in Europe), St Aidan's Cathedral, Enniscorthy, St Mogue's at Haroldston West, Pembrokeshire and St Aidan's Church at Llawhaden, Pembrokeshire. The locations of these sites correspond to his life's journey, in particular the two sites where his impact was most keenly felt: Wexford and Pembrokeshire.

Aidan could also be called 'The Man with Many Names'. At some time in his early life he was addressed under an affectionate nickname as Mo-Aodh Og, meaning in the ancient Gaelic tongue, "my young Aodh" or "my darling Aodh" which was corrupted into the Christian forename Mogue. This term of affection was common and resulting in many named accordingly. What is also apparent is variations existed such as Aedh, Aodh, Aodhan and so on. This fact may explain the difficulties in identifying one individual from a multitude, especially among early Christian saints. In both counties Wexford and Cavan, the dual names Aidan or Mogue still persists. In Wales, where he was a protégé of St David, he is known sometimes as Mogue and sometimes as Maedhog, or Madoc, thought to be Welsh derivatives of Mogue. The friendship between Aidan and David is thought to have been lifelong. It is said that David died in Aidan's arms.

Saint Mogue's Well

The existing structure over Saint Mogue's Well was built in 1847, as part of a Poor Law Relief scheme during the famine. It consists of a short spiral staircase leading to a small passage of approximately three metres to the actual water source situated roughly underneath the centre of the N11. The well consists of a strong spring and is approximately three feet deep. The structure over the well consists of a small artificial tower, which is built with stone from the ruins of Clone Church and recycled material from around Ferns Cathedral itself. One feature of the tower is a small granite head. This head undoubtedly also came from the ruins of nearby Clone Church. It is difficult to say what or who it might represent. The one thing that is clear, is that it is far older than the structure it now forms part of. The traditions attached to Saint Mogue's Well must have been deeply ingrained in the local population to have survived all the vicissitudes of religious upheaval over the centuries, especially since the Reformation. Its high quality (the water is soft to taste) and continuous strong flow have aided its survival and the deep appreciation of the well. It is a living gift from the past forever linked with Saint Aidan. The following tells his story.

Life of Aidan

It was a tradition that holy and miraculous events closely followed the early saints. Their followers were at pains to record such anomalies. (This practice still exists today for those wishing to make a case for beautification from the Vatican, for worthy individuals.) Aidan was no exception. One of many such miraculous events recorded in the *Lives of the Saints*[1] was that as soon as Aidan was born, a bright light shone over him. It is recorded that Aidan's father Setna and his mother Eithne (who was from what would become County Mayo) were of princely families with a socially high rank in their communities. Again according to legend, the infant Aidan was to be baptised by Saint Cillian, who waited by the lakeside to receive the baby. As no boat was available to bring the infant from the island to the shore, the child was miraculously wafted over the waters on a slab of stone. The holy water font of St Mogue's Church in Bawnboy, which still exists, is said to be a portion of this very stone. Later records and tradition are replete

Drumlane, County Cavan (photograph courtesy of Denis Kinsella)
Droim Leathan, Contae an Chabháin (grianghraf le caoinchead Denis Kinsella)

with further miracles attributable to him throughout his life.

Aidan was sent to the monastic school of Saint Finnian at Cluain Ioraird. Here he met Saint Molaise and began to study holy books and church discipline. Already in this early period, just after the arrival of Christianity in Ireland, the monastic model of church discipline, community living and learning was established. It was this religious and educational formation that defined Aidan and his time.

It is at this period that Aidan is reputed to have carried out the most extraordinary miraculous events associated with him. He is attributed with having raised two drowned children from the dead. The two boys had fallen into Loch Erne and their distraught mother had appealed to Saint Molaise who instructed her to "Go to the holy Aedh he will help you in your trouble". Aidan took the two dead children in his arms and through the power of his holiness, returned them to life.

Such traditions naturally left a profound impression on the followers of the early saint. Where did these extraordinary tales originate from? Did Aidan truly raise the dead to life, levitate on rocks or mesmerise those around him to follow his message regardless of all else? Invariably events recorded long afterwards, when the legendary saint was already a mythical figure, could only become more fantastical. However, that is not to say that some basis of fact existed and that Aidan left a profound impression on those he met, inspiring leadership and reverence by the force of his personality and his spiritual mission.

Such traditions naturally left a profound impression on the followers of the early saint. Where did these extraordinary tales originate from? Did Aidan truly raise the dead to life, levitate on rocks or mesmerise those around him to follow his message regardless of all else. Invariably events recorded long afterwards, when the legendary saint was already a mythical figure, could only become more fantastical. But that is not to say that some basis of fact existed and that Aidan left a profound impression on those he met, inspiring leadership and reverence by the force of his personality and his spiritual mission.

Like many sons of nobility in ancient Ireland, Aidan was sent for several years as a hostage, in his case, to the household of the regional king Aedh MacAinmuirech or Ainmire of Cill Chonaill (Kilconnell in east Galway), as a pledge for the loyalty of his father to the king. Such situations could be precarious if the hostage's family broke the thrust of their overlord. The hostage could be deliberately blinded or worse. However, in Aidan's case he was described as "greatly loved by the King" who granted his freedom, another example perhaps of Aidan's compelling personality. He returned to his own people, but for a short time. Aidan now appealed to his own chieftain of the Hy Bruin to release him with his blessing. He left for Ardrinnagh and on his way, became lost in the darkness. He prayed to God for help. A shining star miraculously appeared and led him to safety. Aidan became a novice monk and studied under Saint Finnian of Clonard (County Meath). But he was destined to go to further lands and a new ministry. It was at this time that Aidan went to Wales.

Aidan and Wales

Aidan came under the influence of the renowned saint, the pious David of Wales or Dewi of Menevia. Saint David had been trained by Paulinus a disciple of Saint Germain of Auxerre. Such links suggest the relatively small world of monastic settlements despite the immense distances these men travelled. The monks of Menevia were described as "working with their hands, sawed wood, dug and ploughed; and when the work of the day was over they spent their time reading, writing or praying".

The academic as opposed to the manual appeared to hold more attraction to Aidan. While reading outside, he was instructed to rise and collect timber from a nearby wood. While attempting to ferry the wood back to the monastery he encountered boggy impassable ground. He instructed his assistant to make the sign of the cross "on your heart and on your eyes, and you shall behold the power of God". And, miraculously, a road appeared.[2]

While Aidan was at Menevia the West Saxons attacked Cymry (Wales) and slaughtered many of the local population. But the warriors of Cymry regrouped and repelled the Saxons while Aidan, who was present on the battlefield, prayed for their victory. The Welsh were successful and the Saxons did not attack again while Aidan continued to live in Wales.

David's foundation was on the site at what is now the magnificent cathedral, the awe inspiring medieval complex and focal point of the ancient ecclesial city of St Davids. Aidan went on to found, in his own right, other religious centres in various locations around Pembrokeshire. A number of churches bear his name to this day. These places are beautiful other-worldly locations that despite the passage of fifteen hundred years, retain the tranquillity which Aidan must have sought in his religious fervour. Saint Aidan's in Llawhaden on the banks of Cleddau Ddu is an extraordinarily beautiful place[3]. Its fourteenth-century bell tower is a striking feature attached to this ancient church. In fact, the building is effectively two naves and two chancels, which exist side by side giving the building a unique profile as it was expanded over the centuries. Ancient features have survived such as an Anglo Saxon pillar and stone carvings including a Green Man, an icon commemorating deities more ancient then

Christianity. The rear wall of the church, which is only a couple of feet from the river, encases an ancient upright stone. This may have formed part of an original high cross, dating from Aidan's time. The church still functions as a place of worship as Aidan had intended.

Aidan's life in Wales, as it had been in Ireland, was spent in regular movement. As well as his time spent as Saint Dewi's acolyte at what is now the site of Saint David's Cathedral, his mission to found other communities in Wales remained. Some theories suggest this evangelisation may have extended to Aidan visiting continental Europe[4].

Another location associated with Aidan is Saint Madoc's in Haroldston West. This small structure, with its tiny chancel and nave, nestles in a briary hollow not far from the coast. The church feels remote, the surrounding area unspoiled and accessed by very narrow roads. Despite several modifications by Anglo Saxons followed by Victorian alterations, it retains a sense of ancient contemplation and veneration. Its crowning glory is a simple and beautiful stained-glass depiction of Aidan, which is made all the more striking by the wild hedge illuminated behind it[5]. The interior, with partial bare stone walls, radiates peace and gives a sense of antiquity and contemplation. Saint Madoc's, like Saint Aidan's in Llawhaden, continues to be a place of veneration[6]. The earliest recorded religious services were from the fourteenth century. A commemorative event held in 1983 linked Madoc, as founder of this church, with his diocese in Ferns, County Wexford. This tiny church with its distinctive pulpit has been host to fifteen hundred years of Christian worship.

Aidan continued his ministry in Wales leaving a profound impact on Pembrokeshire. Francis Jones, in his *Holy Wells of Wales*, describes how Saints Aidan and Gwyndaf, on their way to St David's, stopped to drink at the well Ffynnon Tregroes in Whitchurch parish. Each wished to bestow his name on the well. According to the story, tempers rose and Gwyndaf received a good hiding. Aidan dedicated the well to himself and went on his way to St Davids, while Gwyndaf took a different direction[7]. Another well in Pembrokeshire dedicated to Aidan is Ffynnon Faiddog near Whitesands Bay and overlooking the hills of Carn Llidl. In 1960's the road here was widened, with the unfortunate impact of draining the well.[8] Wells, the most tangible link to ancient and mystical leaders, are a profound connection with the past, their life giving water still rising unchanged after fifteen centuries.

Despite his life's work and his obvious love for Wales, ultimately Aidan was propelled to what would be his last place of ministry in Pembrokeshire, at the site of Saint Gwyndaf Church, Llanwnda. This building is perched high above Goodwick overlooking the Irish Sea, and the ferries that operate between Fishguard and Rosslare. This atmospheric place seems an appropriate place for Aidan to have left his old life behind and return to Ireland. The Welsh tradition suggests it was his last stop before travelling to Wexford.

Today Saint Gwyndaf's Church also continues as a place of ministry. Its ancient nave is surmounted with centuries-old battered oaken beams which support the roof (one with its very own carved face, possibly a Green Man) and a leper spy hole for viewing the altar. It is another beautiful and unique church. A badly damaged church bible on display forms an interesting historical feature. The church and its fabric was the victim of one of the last invasions of Britain when French soldiers sacked the building in the 1790's during the Napoleonic Wars and defaced the bible.

Aidan returns to Ireland

Aidan left Wales and travelled to County Wexford. He landed at Hy-Ceinnsellagh at what is believed to be Riverchapel. While coming ashore he observed a gang of robbers chasing some men. Aidan rang his holy bell and the robbers immediately stopped. Their leader recognised the holiness of Aidan. He helped carry him ashore and swore allegiance to him. At the site where he landed Aidan built his first monastery in Ireland at Ardladhrann (Ardamine). This settlement was most likely positioned at the present ancient cemetery of Ardamine, which, at that time, presumably consisted of a palisaded enclosure. Nothing remains from Aidan's time and it is difficult to determine how it would have appeared in his lifetime. The early-twentieth-century historian Philip Hore, described the hill adjoining Ardamine Protestant church as a sepulchral tumulus. The steeply rising little cemetery is certainly man-made and may have been developed on an earlier barrow or a prominence with wide views (presumably it was positioned further inland then now, perched close to

Remnants of a Welsh bible in St Gwyndaf's Church damaged by French soldiers

Iarsma de Bhíobla Breatnaise in Eaglais Naomh Gwyndaf a ndearna saighdiúirí na Fraince damáiste dó

the shoreline). Countless burials over the centuries would have altered the profile of the settlement. According to Hore's study of the site, a standing stone was positioned on the tumulus but is now gone for several generations. The small hill at the centre of the cemetery is the burial place of the local 1916 patriot, Sean Etchingham.

While looking out to sea Aidan allegedly said "I am sorry I did not ask my father David (Dewi) to tell me who should be my soul-friend and confessor in Ireland". An angel appeared and told him "You do not need any confessor besides God for your soul is sinless. If however you wish to have a confessor take Munna". So he befriended Munna.

A Contemporary of Aidan and another northern spiritual leader, in this instance from County Donegal, Saint Munna or Fionn (meaning the fair) had settled in an area known as Acadh Liathdrom (Taghmon). Munna had a similar mission, founding various settlements over a huge area including locations in Scotland, before finally settling in Wexford. He studied in Bangor, north Wales before his wanderings. Munna allegedly suffered from leprosy. He died and was buried in the large monastic settlement which bore his name, and which had up to two hundred and fifty monks. Interestingly all vestige of what must have been a substantial settlement is gone. The only remnant in the village Taghmon, suggesting its ancient history, is the squat, damaged high cross, positioned in the Church of Ireland cemetery.

Aidan became famous in Wexford for his sanctity, austerity and charity to the poor. He built a monastery in Fearna (Ferns). At the same period he may also have established a monastic settlement at Clone Church.

The story of Aidan's association with Ferns varies in different accounts from his life, but all refer to the connection between the saint and the well associated with his name. One story of his miraculous link to the well recounts that there was a shortage of water. Aidan bade the monks to hew down "a lofty tree". As soon as it fell, a bright stream of water gushed forth resulting in Tober- Mogue. Another account suggests he became angry at local women using the well as a place to wash their clothes. Whatever the case Aidan appears to have based himself in Ferns and gave the monks of Ferns, his followers, the rule of life he had learned in Wales and elsewhere. The monks were described as leading "a common life, worked daily with their hands in the fields, orchards and woods, read the holy books, prayed and fasted and fed the poor." A drastic tradition relates that, of the one hundred and fifty monks living in Ferns, one refused to kneel while praying. He was later described as dying violently.

Typically Aidan himself was described as spending his time either praying, writing or preaching. The monastery appears to be quite typical for its time. However Aidan's rigorous devotion was considered unusual. He often spent whole nights in prayer, and he fasted much. As described in *The Lives of the Saints* he "lived entirely on herbs and water, and begged for his food. He also abstained from murmuring and distraction. He wore neither linen nor woollen clothes, but was clad with rough skins". It is said that he learnt beekeeping while in Wales and that St David gave him a gift of bees when he returned to Ireland. In any case, a tradition strongly associates Aidan with keeping bees both in Cavan and Wexford. Perhaps these were the descendants of these same bees from Wales?

Colman King of Laigen (Leinster) gave his Ferns fortress to Aidan. He was also appointed Bishop of the Kingdom. A poem attributed to Aidan from this period went as follows:

> Plain of Fearna; plain of Fearna
> Where the chaste Moedoc shall be (Aedh)
> Plain where hounds and warriors wander
> Plains where holy songs shall sound
> There Moedoc shall sing the psalter
> And desire for chanting wake;
> By that plain of heavenly singing
> Lord who rulest earth and sky.

During the period 576 to 604 Brandubh, who styled himself King of Leinster, killed Aidan's overlord Aedh MacAinmuirech the high king. This occurred at an encounter in the Pass of Dunbolg (Donard) in West Wicklow. Aidan, who favoured Brandubh, said on the eve of the battle, "Many holy men have faithfully served God in your Kingdom. Go forward therefore and fight manfully. We shall be on the battlefield in spirit helping you with our prayers".

Aidan "prayed all night arms outstretched for victory". Following this victory Brandubh reorganised his kingdom and, at a special synod, he added a large swathe of territory to the diocese of Ferns (this was reviewed at the famous Synod of Rathbrasil in 1111 approximately 480 years after Aidan's death). Aidan was declared its Ard Escop or high bishop having spiritual authority over all other bishops in the lands where King Brandubh ruled. Over the next thirty years Bishop Aidan founded churches such as Cluain Mór (close to the village of Bree) and Teampall Seanbhoth (Templeshanbo) and other places of prayer. He gathered followers and ordained other bishops. One account of Aidan's mesmeric charisma describes him travelling on his chariot when he encountered a youth, who assisted him in opening a wooden palisade to allow him access. The youth, whose name was Cronin, was compelled to become one of Aidan's followers. He would later be ordained Bishop Mochua.

Aidan did not confine himself to just the Ferns Diocese. He travelled to Limerick to settle a dispute and was granted lands, where he built a monastic settlement Cluain Claidheach (Clooncagh). He was also recorded as having raised a nun from the dead in the convent of Saint Ite at Cluain Creadhail (Kileedy), by laying his staff upon her body. He is the reputed founder of the monastery of Drumlane in County Cavan, Disert Nairbre in County Waterford, Rossinver in County Leitrim and many other holy places.

It was recorded that Saint Molaise, Aidan's boyhood friend, returned from Rome and brought many relics to present to his friend in Ferns. Aidan had intended to make this immense journey but was encouraged in his prayers to remain in Ireland. After receiving these gifts Aidan said "I am now indeed well speckled by you, I have got so many relics from you that I am all covered over with them as if with a breastplate". Saint Molise answered "This shrine of relics shall be forever called the speckled shrine of Moedoc (Mo-Aedh-oc)".

On 31 January between 620 and 632 (accounts vary) Aidan is recorded as dying aged 71, an immense old age for the period. The Roman martyology says of him: "He was a child of prayer brought up from boyhood by Saint Dewi in monastic discipline and Christian perfection. He founded many churches and monasteries in Ireland and handed down to very many souls the teaching he had got from that learned and wonderful master".

Who was Saint Aidan ?

Who was this man, Aidan ? Who was this holy man who raised the dead to life and instilled such obedience and devotion? Who was this man who could inspire local chieftains to give up their lands and spare the lives of others at a time when human life was so easily snuffed out?

Besides legends and narratives, which are biblical in style, we know little of the human story of Aidan. But certain aspects give an insight. He was highly literate, a skill which brought great respect. He was obviously a superb organiser and good administrator who inspired those around him. He was extraordinarily well-travelled for his time (a few were more so, for example Molise who had made the formidable journey to Rome). Aidan existed in a world that was pagan by mindset, with the new monolithic religion of Christianity a novelty to the tribes he encountered. Nationality did not exist as we understand the concept. Tribal chiefs with distinctive Ard Ri or high kings formed the governance of Ireland. The concept of Irish nationalism did not exist.

What physical evidence has Aidan left? Very little, after the immensity of time which has elapsed since his death. The single feature in Ferns that gives a physical connection to his story is the strong perpetual spring, rising beneath the N11 outside Ferns village. This spring, which is still used daily, flows into "Barney's Stream" and onwards into the Bann River. Through all its history, Mogue's Well has defined Ferns, the basis for the village's existence. A source of clean water was an invaluable life-giving source, a commodity beyond value. Its importance is apparent from the physical evidence discovered in Bronze Age archaeological remains found nearby[9]. It is not accidental, their position near the spring. This also proves that Ferns was a habitation long before Aidan appeared.

All the ancient structures visible today scattered around the village, the Augustian Abbey, Ferns Cathedral, Saint Peters Church and Ferns Castle all arrived long after Aidan's death. Similarly, at Saint David's Cathedral in Wales, despite its antiquity, no direct evidence remains from Aidan's time while a novice monk.

According to *A Dictionary of Irish Saints* there were many Aodhs and Aodhans.[10] The closest saint with a similar name was Maodhog of Clonmore. He appears to be a different saint to Maodhog of Ferns. His feast day is celebrated on the 11th of April. Some individuals listed may in fact be one and the same person.

The various lives of the saints are the main records for Aidan and his fellow saints. Biographies were invariably based on earlier lost works. Considering the vast time span, a surprising amount of material has survived regarding early medieval records. An example, with a close link to Ferns is *Liber Kilkenniensis* compiled by Bishop Aibhe O Molloy of Ferns. Brother Michael O Cleary one of the famous *Four Masters* also wrote much about the earlier lives of the saints.

It is said that Aidan may have died in the church of his foundation,

A replica of Saint David's shrine in the Cathedral that bears his name. Presumably Aidan had a similar shrine in the confines of Ferns Cathedral.

Macasamhail scrín Naomh Dáibhí san ardeaglais a ainmníodh as. Is dócha go raibh scrín den sórt céanna in ómós do Naomh Aodhán in Eaglais Fhearna.

Rossinver located on the shores of Lough Melvin, and that he was taken back to his Episcopal seat in Ferns and interred within the original Ferns Cathedral. [11] The medieval tomb cover, which tradition states is the grave of Saint Aidan, is certainly not that of the saint. It was installed centuries after and is a representation of a much later Bishop of Ferns, John St John. The effigy is a lasting reminder of the once ornate tomb erected close to the traditional burial spot of Saint Aidan, spiritual founder of Ferns.

It is impossible to determine where Aidan was buried. A shrine was described as still existing in the time of Dermot MacMurragh. To give some indication of Aidan's antiquity, at the period MacMurragh founded the Augustinian Abbey in Ferns in 1161 AD, the saint was dead approximately 530 years. This man dressed in animal skins covered in shiny bits of metal, relics from Rome, is extraordinarily difficult to imagine. Wars, political upheaval and time has obliterated all physical traces of the mystical saint, diocesan founder and community leader.

Notes

1   The quotes about miracles associated with Saint Aidan in this work are taken from *Lives of Irish Saints* by Barry, Redemptorist Rev Albert (published 1905).

2   Interestingly, in *Pembrokeshire Myths and Legends* compiled by Andrew Dugmore, Aidan is remembered as absent minded and indolent. See www.pembrokeshirepaths.co.uk

3   I am very grateful to Diane Hollgan for her courtesy and patience in allowing access to Saint Aidan's Church, Llawhaden.

4   The linguist and musician Bremen Favreau makes a compelling case that Aidan may have lived in Brittany for a period.

5   I would like to thank Gordan and Jane Main.

6   An article dated 26th February 2022 by Harry Jamshidian of the *Western Telegraph* drew attention to the imminent closure of the church due to falling congregation numbers.

7   Francis Jones, *The Holy Wells of Wales*, first published 1954.

8   Phil Cope, *The Living Wells of Wales*, 2019.

9   See https://www.archaeology.ie/monument-of-the-month/archive/ferns-co-wexford

10   As many as thirteen individuals with those names are listed in *A Dictionary of Irish Saints*, Pádraig Ó Riain, Four Courts Press, 2011.

11   A large amount of source material relating to the early history of Ferns stems from the invaluable research carried out by the father and son antiquarians Philip and Herbert Hore in the magisterial work *History of the Town and County of Wexford* (1916). The original is held by Saint Peter's College Wexford.

Sources

Lives of Irish Saints, Rev Albert Barry, Redemptorist (1905)
A Dictionary of Irish Saints, Pádraig Ó Riain (2011), Four Courts Press
Celtic and Early Christian Wexford, Edward Culleton (1999)
A History of the Town and County of Wexford, Philip and Herbert Hore (1916)
Western Telegraph, February 2022
www.archaeology.ie
www.pembrokeshirepaths.co.uk

The oldest stone in Saint Aidan's Church, Llawhaden An chloch is sine in Eaglais
Naomh Aodhán, Llanhuadain

Interior of the tower of Saint Aidan's Church, Llawhaden

Radharc laistigh de Thúr Naomh Aodhán, Llanhuadain

Naomh Aodhán Fhearna: a bheatha agus na toibreacha beannaithe a ainmníodh as

Brollach

Rugadh Naomh Aodhán, bunaitheoir agus céad easpag dheoise Fhearna, thart ar 520 go 550 A.D. i mBréifne Thoir, Contae an Chabháin sa lá atá inniu ann, ar oileán ar a dtugtar Inis Maodhóg ar Loch Theampall an Phoirt.

Tá dhá thobar bheannaithe tiomnaithe do Naomh Aodhán: Tobar Naomh Maodhóg i bhFearna, Co. Loch Garman, agus Tobar Maedhog in Porth Mawr, Sir Benfro. Anuas air sin, tá roinnt eaglaisí agus séipéal tiomnaithe dó, lena n-áirítear Ardeaglais Aodháin i bhFearna (an Ardeaglais is lú san Eoraip), Ardeaglais Naomh Aodhán in Inis Córthaidh, Eaglais Madoc in Haroldston West, Sir Benfro, agus Eaglais Aodháin in Llanhuadain, Sir Benfro. Freagraíonn na suíomhanna sin don taisteal a rinne sé i rith a shaoil, go háirithe sna ceantair sin inar fhág sé an lorg is mó: Loch Garman agus Sir Benfro.

D'fhéadfaí 'Fear na nAinmneacha Líonmhara' a thabhairt ar Aodhán chomh maith. Le linn a óige, tugadh an t-ainm ceana Maodhóg air. 'M'Aodh óg' is bunús leis sin agus bhí ainmneacha ceana dá leithéid coitianta ar na saolta sin. I ngeall ar na leaganacha eile den ainm (Aedh, Aodh, srl.) is deacair an duine aonair a aithint ón slua, go háirithe slua na naomh luath-Chríostaí. I Loch Garman agus sa Chabhán, tá rian fágtha ag na hainmneacha Aodhán agus Maodhóg. Sa Bhreatain Bheag, áit a raibh sé ina dhalta ag Naomh Dáibhí, tugtar Maedhog nó Madoc air, leaganacha Breatnaise de Mhaodhóg, is cosúil. Creidtear gur mhair an cairdeas idir Aodhán agus Dáibhí ar feadh a saoil. Deirtear gur bhásaigh Dáibhí i mbaclainn Aodháin.

Tobar Naomh Maodhóg

Tógadh an struchtúr atá os cionn Thobar Naomh Maodhóg faoi láthair in 1847, le linn an Ghorta Mhóir, mar chuid d'obair fóirithinte Dhlí na mBocht. Is é atá ann staighre beag bíse a théann go pasáiste atá trí mhéadar ar fad mar a bhfuil an tobar. Is faoi lár an bhóthair N11 atá foinse an uisce, nach mór. Fuarán tréan atá sa tobar atá trí troigh ar doimhneacht. Os cionn an tobair, tógadh túr as clocha agus ábhair a bailíodh ag fothrach shéipéal Chluana agus thart ar Ardeaglais Fhearna. Ní furasta a rá cad é nó cé hé a léirítear leis an túr seo. Is cinnte, áfach, go bhfuil sé i bhfad níos sine ná an struchtúr ina bhfuil sé anois mar pháirt. Ní foláir nó go raibh na nósanna a bhain le Tobar Naomh Maodhóg fréamhaithe go daingin sa cheantar ós rud é gur tháinig siad slán ainneoin suaite creidimh i gcaitheamh na gcéadta bliain, go háirithe ó aimsir an Reifirméisin i leith. Chuidigh ardchaighdeán, boige agus sruth tréan leanúnach an uisce le daoine a mhealladh chun an tobar a chaomhnú. Seoid bheo atá ann a cuireadh ar aghaidh ó ghlúin go glúin. Tá nasc buan aige le Naomh Aodhán agus seo a leanas a scéal.

Beatha Aodháin

De réir an tseanchais, ba dhual do naoimh na luath-Chríostaíochta míorúiltí a dhéanamh. Rinne a lucht leanúna a ndícheall cuntais a scríobh ar na hiontais sin. (Tá an nós céanna ann i gcónaí nuair a dhéantar iarracht áitiú ar an Vatacáin beannaitheach a dhéanamh de dhuine fiúntach áirithe.) Níorbh aon eisceacht é Aodhán. I measc na míorúiltí líonmhara a luaitear leis sa leabhar *Lives of the Saints*[1], deirtear gur lonraigh solas geal os a chionn nuair a saolaíodh é. Deirtear gur de shliocht uasal ardchéimiúil iad Setna agus Eithne, a athair agus a mháthair faoi seach, agus gur tháinig siad ó cheantar atá i gContae Mhaigh Eo an lae inniu. De réir an naomhsheanchais, bhí Naomh Cillian leis an leanbh a bhaisteadh ar bhruach an locha. Ós rud é nach raibh aon bhád ar fáil chun an leanbh a thabhairt amach ón oileán, seoladh go míorúilteach é thar an uisce ar leac chloiche. Deirtear gur cuid den leac chéanna an t-umar uisce coisricthe atá fós sa teampall sa Bhábhún Buí a ainmníodh as. Is liosta le háireamh iad na míorúiltí eile a luaitear leis sa naomhsheanchas.

Cuireadh go scoil mhanachúil Naomh Finian i gCluain Ioraid é. Is ann a bhuail sé le Naomh Molaise agus a thosaigh sé ag déanamh staidéar ar leabhair bheannaithe agus ar rialacha na heaglaise. Le linn na tréimhse sin, go luath tar éis theacht na Críostaíochta go hÉirinn, bhí samhail mhanachúil de rialacha na heaglaise, den saol agus den léann comhroinnte daingnithe cheana féin. D'fhág an t-oideachas reiligiúnda seo a lorg ar Aodhán ar feadh a shaoil.

Is le linn na tréimhse seo a rinne Aodhán na míoruíltí is iontaí a luaitear leis. Tá sé ráite go ndearna sé beirt pháistí a bádh a athbheochan. Bhí an bheirt bhuachaillí bháite tar éis titim i Loch Éirne agus d'iarr an mháthair chráite cúnamh ar Naomh Molaise, agus mhol sé di 'Aodh naofa a lorg go gcuideoidh sé leat in aghaidh na hanachaine'. Ghlac Aodhán an bheirt mharbha ina bhaclainn agus le teann naofachta chuir sé athbhrí iontu.

Chuaigh scéalta dá leithéid i bhfeidhm ar lucht leanúna an naoimh. Cad as ar tháinig na hiontais sin? An amhlaidh gur chuir sé athbhrí i ndaoine, gur eitil sé os cionn cloch nó gur chuir sé daoine faoi gheasa chun a theagasc a leanúint? Gan amhras, d'fhéadfaí áibhéil a dhéanamh sna cuntais a scríobhadh tamall maith i ndiaidh a bháis, tráth a raibh cáil air cheana féin. Ach ní hionann sin agus a rá nach ndeachaigh sé i bhfeidhm go mór ar na daoine a chas leis, nach raibh sé ina cheannaire orthu agus nár spreag sé iad lena phearsantacht agus lena chur chuige spioradálta.

Mar ba nós le sliocht na dteaghlach uasal in Éirinn fadó, chaith Aodhán roinnt blianta ina ghiall, sa chás seo le teaghlach an rí réigiúnaigh, Aedh Mac Ainmuireach, i gCill Chonaill na Gaillimhe. Ba ráthaíocht é Aodhán go bhfanfadh a athair dílis don rí. Cás contúirteach a bheadh ann dá dteipfeadh ar dhílseacht an teaghlaigh don rí. D'fhéadfaí radharc na súl a bhaint den ghiall nó rud níos measa fós. Ach is cosúil go raibh cion ag an rí áirithe seo ar Aodhán, ó thug sé a shaoirse dó, sampla eile de phearsantacht mhealltach Aodháin. D'fhill sé ar a mhuintir ar feadh tréimhse ghearr. D'iarr sé ar cheann de thaoisigh Uí Briúin ligean dó imeacht. Fuair sé cead uaidh ach d'imigh sé ar strae sa dorchadas le linn an aistir. D'iarr sé cúnamh ar Dhia. Lonraigh réalta go míoruílteach os a chionn agus threoraigh sí é. Rinneadh nóibhíseach de faoi oiliúint Naomh Finian Chluain Ioraird (i gContae na Mí). Ach bhí an choigríoch agus

Saint Madoc (Aidan) depicted in stained glass at Haroldston West

Naomh Madoc (Aodhán) arna léiriú le gloine dhaite in Haroldston West ministreacht nua i ndán dó. Is ag an am seo go ndeachaigh Aodhán go dtí an Bhreatain Bheag.

Aodhán agus an Bhreatain Bheag

Tháinig Aodhán faoi thionchar an naoimh iomráitigh, Dáibhí na Breataine Bige nó Dewi Sant. Is é Paulinus, leantóir de chuid Naomh Germain ó Auxerre, a d'oil Dáibhí. Tugann naisc dá leithéid le fios gur saol beag go leor ab ea saol na lonnaíochtaí manachúla, in ainneoin na dturas fada a rinne na manaigh sin. Deirtear faoi mhanaigh Mynyw gur oibrigh siad lena lámha, gur shábh siad adhmad, gur thochail agus gur threabh siad agus, nuair a bhí obair an lae déanta, gur chaith siad a gcuid ama ag léamh, ag scríobh nó ag guí.

Is mó a mheall an obair intinne ná an obair láimhe Aodhán. Uair amháin agus é ag léamh lasmuigh, iarradh air éirí agus adhmad a bhailiú ó choill in aice láimhe. Le linn dó an t-adhmad a thabhairt i dtreo na mainistreach, tháinig sé go bogach nárbh fhéidir a thrasnú. Dúirt sé lena chúntóir comhartha na croise a dhéanamh ar a chroí agus ar a shúile go bhfeicfeadh sé cumhacht Dé. Rinneadh amhlaidh agus tháinig bóthar míorúilteach chun cinn.[2]

Nuair a bhí Aodhán ag mainistir Mynyw, d'ionsaigh na Sacsanaigh Thiar an Bhreatain Bheag agus maraíodh go leor de mhuintir na háite. Ach tháinig fórsaí na Breataine Bige le chéile agus chuir siad an ruaig ar na Sacsanaigh a fhad is a ghuigh Aodhán ar a shon ag láthair an chatha. Bhí rath ar na Breatnaigh agus ní dhearna na Sacsanaigh ionsaí arís feadh an ama a chaith Aodhán sa Bhreatain Bheag.

Bhí lonnaíocht Dháibhí san áit a bhfuil an ardeaglais iontach sa lá atá inniu ann, croílár chathair eaglasta ársa Tyddewi. Bhunaigh Aodhán ionaid chreidimh eile in áiteanna éagsúla timpeall Sir Benfro chomh maith. Tá roinnt teampall ainmnithe as go fóill. Áiteanna áille diamhra atá iontu ina bhfuil an suaimhneas céanna a mheall Aodhán díocasach míle go leith bliain ó shin. Áit thar a bheith álainn is ea Eaglais Naomh Aodhán in Llanhuadain ar bhruach Cleddau Ddu.[3] Díol suntais an cloigtheach a cuireadh leis an tseaneaglais sa cheathrú haois déag. Dhá mheánlann agus dhá shaingeal atá san fhoirgneamh, le bheith cruinn faoi, iad suite

taobh le taobh, rud a thug próifíl shainiúil dó de réir mar a leathnaíodh
é i gcaitheamh na mblianta. Ar na seanghnéithe atá fós le feiceáil tá
piléar Angla-Shacsanach agus snoiteáin chloiche, lena n-áirítear Fear
Glas, samhail de chineál Dé is sine ná an Chríostaíocht. Tá cloch ársa
ina sheasamh i mballa cúil na heaglaise nach bhfuil ach cúpla troigh ó
bhruach na habhann. D'fhéadfadh sé gur chuid d'ardchros a bhí ann le linn
ré Aodháin an chloch chéanna. Ionad adhartha é an áit go fóill, mar a bhí
beartaithe ag Aodhán.

Marab amhlaidh dó in Éirinn, chaith Aodhán cuid mhór ama sa Bhreatain
Bheag ag bogadh ó áit go háit. I ndiaidh dó am a chaitheamh mar acalaí
ag Naomh Dáibhí mar a bhfuil Ardeaglais Naomh Dáibhí anois, bhí sé mar
aidhm aige pobail eile a bhunú sa Bhreatain Bheag. Tá tuairim ann go
ndeachaigh sé chun na mór-roinne, fiú, mar chuid den tsoiscéalaíocht seo.[4]

Áit eile a luaitear le hAodhán is ea Eaglais Naomh Madoc in Haroldston
West. Struchtúr beag é seo atá suite i log sceirdiúil i ngar don chósta.
Eaglais iargúlta í seo; níl teacht ar an gceantar gan mhilleadh máguaird
ach trí bhóithre cúnga. In ainneoin na n-athruithe a rinneadh i réanna na
nAngla-Shacsanach agus na Victeoireach faoi seach, tá an machnamh
agus an guí de dhlúth agus d'inneach na háite seo i gcónaí. Buaicphointe
an fhoirgnimh an íomhá d'Aodhán i ngloine dhaite, rud atá níos suaithinsí
fós de bharr na sceiche fiáine a lonraítear taobh thiar di.[5] Chuirfeadh
na ballaí loma cloiche suaimhneas agus fonn machnaimh ort. Cosúil le
hEaglais Aodháin in Llanhuadain, is ionad adhartha í Eaglais Naomh Madoc
i gcónaí.[6] Is sa cheathrú haois déag a rinneadh an chéad searmanas
reiligiúnda anseo a bhfuil tuairisc againn air. Le linn ócáid chomórtha
in 1983, tugadh an nasc idir bunaitheoir na heaglaise agus a dheoise i
bhFearna i Loch Garman chun suntais. Tá adhradh Críostaí ar bun san
eaglais bheag seo gona haltóir shuaithinseach le míle go leith bliain.

Lean Aodhán dá aireacht sa Bhreatain Bheag agus d'fhág sé lorg nach
beag ar Sir Benfro. In *Holy Wells of Wales*, déanann Francis Jones cur síos
ar uair a raibh Naomh Aodhán agus Naomh Gwyndaf ag triall ar Naomh
Dáibhí. Stad siad ag tobar Ffynnon Tregroes sa pharóiste Yr Eglwys
Newydd. Theastaigh ón mbeirt acu a ainm féin a thabhairt don tobar.
Deirtear gur tháinig racht feirge orthu agus gur tugadh léasadh maith

Ardamine Cemetery looking over Roney point, Saint Aidan's first Irish settlement
Reilig Ard Maighean os cionn Rinn Rónaí, céadlonnaíocht Naomh Aodhán in Éirinn

do Naomh Gwyndaf. D'ainmnigh Naomh Aodhán an tobar as féin agus lean sé ar aghaidh go Naomh Dáibhí. Lean Naomh Gwyndaf ar aghaidh ar bhealach eile.[7] Tobar eile atá tiomnaithe d'Aodhán in Sir Benfro is ea Ffynnon Faiddog in Porth Mawr, mar a bhfuil radharc ar chnoc Carn Llidi. Sna 1960idí, leathnaíodh bóthar sa cheantar, agus triomaíodh an tobar dá dheasca.[8] Nasc suntasach le ceannairí misteacha na staire iad toibreacha, ó éiríonn an t-uisce iontu go fóill chun an bheatha a thabhairt tar éis na gcéadta bliain.

In ainneoin an mhéid oibre a bhí déanta aige agus an cheana a bhí aige ar an mBreatain Bheag, lean Aodhán ar aghaidh ar deireadh chuig a aireacht dheireanach in Sir Benfro, san áit a bhfuil Eaglais Naomh Gwyndaf in Llanwnda. Tá an foirgneamh sin lonnaithe go hard os cionn Wdig agus tá radharc uaidh amach ar Mhuir Éireann agus ar na báid farantóireachta a théann idir Ros Láir agus Abergwaun. Bhraithfeá gurbh áit oiriúnach é seo d'Aodhán deireadh a chur leis an tréimhse sin dá shaol agus filleadh ar Éirinn. De réir an tseanchais Bhreatnaigh, is é seo an áit dheireanach ar fhan sé sula ndeachaigh sé go Loch Garman.

Is ionad aireachta í Eaglais Naomh Gwyndaf i gcónaí. Tacaíonn seanbhíomaí darach (ar a bhfuil aghaidh snoite, Fear Glas, b'fhéidir) leis an díon os cionn corp ársa na heaglaise agus tá poll faire ann a bhíodh in úsáid ag lobhair. Teampall álainn éagsúil eile é. Tá Bíobla a ndearnadh damáiste dó ar taispeáint mar ghné shuimiúil staire. Rinneadh díobháil don Bhíobla agus don teampall nuair a d'ionsaigh saighdiúirí na Fraince an foirgneamh le linn Chogaí Napoléon sna 1790idí.

Filleadh ar Éirinn

D'fhág Aodhán an Bhreatain Bheag agus thaistil sé go Loch Garman. Tháinig sé i dtír ag Hy-Ceinnsellagh, nó Séipéal na hAbhann an lae inniu, meastar. Ag teacht i dtír dó, chonaic sé buíon gadaithe sa tóir ar ghrúpa fear. Bhain sé fuaim as a chloigín naofa agus stop na gadaithe láithreach bonn. D'aithin a gceannaire naofacht Aodháin. Chuidigh sé leis teacht i dtír agus chuir sé a dhílseacht in iúl dó. San áit ar tháinig sé i dtír, mar a bhfuil Ard Maighdean inniu, thóg Aodhán a chéad mhainistir in Éirinn. Is dócha go raibh an t-ionad seo suite mar a bhfuil seanreilig Ard Maighdean sa lá atá inniu, agus gur clós a raibh pailis curtha thart air a bhí ann. Níor mhair aon ní ó aimsir Aodháin agus is deacair a mheas cén chuma a bhí air nuair a bhí sé beo. Dúirt Philip Hore, staraí ón bhfichiú haois, go raibh tuama sa chnoc buailte ar Eaglais Phrotastúnach Ard Maighdean. Is cinnte gur de dhéantús an duine an reilig bheag agus d'fhéadfadh sé gur tógadh é ar bharr tuama a bhí ann roimhe sin nó ar ard a bhfuil radharc fairsing uaidh. (Is dócha go raibh sé suite níos gaire don chladach ná mar atá anois). D'fhágfadh adhlacthaí iomadúla a rian ar chuma na lonnaíochta. De réir thaighde Hore ar an suíomh, cuireadh gallán ar an tuama ach tá sé imithe anois leis na glúnta. Cuireadh Seán Etchingham, tírghráthóir ón gceantar a ghlac páirt in Éirí Amach 1916, san áit a bhfuil cnoc beag i lár na reilige.

Ag féachaint amach ar an bhfarraige dó, deirtear go raibh aithreachas ar Aodhán nar iarr sé ar Dháibhí a rá leis cé a bheadh mar anamchara agus mar athair faoistine aige in Éirinn. Tháinig aingeal roimhe agus dúirt leis, i bhfianaise ghlaineacht a anama, nach raibh aige gá le hathair faoistine seachas Dia, ach go bhféadfadh sé Munna a ghlacadh mar athair faoistine dá mba mhaith leis. Chuir sé aithne ar Mhunna mar sin. Ba as Dún na nGall don cheannaire spioradálta sin, Naomh Munna (nó Fionn), agus bhí lonnaíocht aige in Acadh Liathdhrom, ceantar ar ar tugadh Teach Munna ina dhiaidh sin. Bhí an misean céanna ar bun ag Munna: bhunaigh sé ionaid éagsúla in go leor áiteanna, Alba ina measc, sular lonnaigh sé sa deireadh i Loch Garman. Rinne sé staidéar in Bangor i dtuaisceart na Breataine Bige sular chuir sé tús lena aistear. Deirtear gur lobhar a bhí ann. Nuair a cailleadh é, cuireadh é i lonnaíocht mhór mhanachúil a bhí ainmnithe as agus ina raibh tuairim is 250 manach ina gcónaí. Díol spéise a laghad atá fághta den lonnaíocht shuntasach sin. Is é an t-aon chomhartha fisiciúil i mbaile Theach Munna an ardchros, a bhfuil drochbhail uirthi, i reilig Eaglais na hÉireann.

Bhí cáil ar Aodhán i Loch Garman i ngeall ar a naofacht, a dhéine agus a fhlaithiúlacht i leith na mbocht. Thóg sé mainistir i bhFearna. D'fhéadfadh sé gur bhunaigh sé mainistir an tráth céanna mar a bhfuil Séipéal Chluana.

Níl na cuntais ar shaol Aodháin ar aon fhocal maidir leis an mbaint a bhí aige le Fearna, ach tagraíonn gach ceann acu don nasc idir an naomh agus an tobar a ainmníodh as. De réir scéal amháin faoin nasc míorúilteach seo, nuair a bhí ganntanas uisce ann, dúirt Aodhán leis na manaigh crann ard a leagan. A luaithe a leagadh an crann, bhrúcht sruth uisce mar a bhfuil Tobar Naomh Maodhóg anois. I gcuntas eile, deirtear gur tháinig fearg air nuair a d'úsáid bantracht na háite an tobar chun níocháin. Is cosúil gur lonnaigh Aodhán i bhFearna ach go háirithe agus gur áitigh sé ar na manaigh agus ar a lucht leanúna cloí leis an stíl mhaireachtála a d'fhoghlaim sé sa Bhreatain Bheag agus in áiteanna eile. De réir tuairisce, bhí saol simplí ag na manaigh, rinne siad obair láimhe go laethúil sna goirt, sna húlloird agus sna coillte, léigh siad leabhair naofa, ghuigh siad, throisc siad agus bheathaigh siad na boicht. De réir scéal ar leith, bhí manach amháin as 150 manach a dhiúltaigh dul ar a ghlúine chun guí. Deirtear go bhfuair sé bás fíochmhar ina dhiaidh sin.

Go hiondúil, deirtear gur chaith Aodhán formhór an ama ag guí, ag scríobh nó ag seanmóireacht. Gnáthmhainistr a bhí ann ag an am. Ba

The entrance from the bell tower to the original chancel of Saint Aidan's Church, **Llawhaden** An tslí isteach ón gcloigtheach go saingeal bunaidh Eaglais Naomh Aodhán, Llanhuadain

rud neamhghnách cráifeacht ghéar Aodháin, áfach. Chaith sé oícheanta iomlána ag guí agus throisc sé go minic. Mar atá ráite in *The Lives of the Saints*, níor ith sé ach luibheanna agus níor ól sé ach uisce, agus bhíodh sé ag iarraidh déirce chun bia a fháil. Staon sé ón gcrónán agus ón seachmall freisin. Níor chaith sé línéadaí ná éadaí ollan ach craicinn gharbha ainmhithe. Tá sé ráite gur fhoghlaim sé an bheachaireacht sa Bhreatain Bheag agus gur thug Naomh Dáibhí beacha dó mar bhronntanas nuair d'fhill sé ar Éirinn. I gcás ar bith, de réir an tseanchais, bhí baint mhór ag Naomh Aodhán leis na mbeachaireacht sa Chábhán agus i Loch Garman. An de shliocht na mbeach Breatnach beacha na gceantar sin? Thug Colmán, Rí Laighean, daingean Fhearna d'Aodhán. Ceapadh é ina easpag ar an ríocht freisin. Seo a leanas aistriúchán Nua-Ghaeilge ar dhán a luaitear le hAodhán:

Magh Fhearna, magh Fhearna,
Mar a mbeidh Maodhóg geanmnaí,
Mar a dtéann cú agus gaiscíoch
Mar a gcloistear foinn naofa,
Is ann a chanfaidh Maodhóg an tsaltair
Chun fonn cantaireachta a mhúscailt;
I bhfochair an cheoil neimhe,
Rí na maighe, Rí na bhflaitheas.

Le linn na tréimhse ó 576 go 604, d'éirigh Brandubh, Rí Laighean, amach i gcoinne an ardrí Aedh Mac Ainmuireach. Bhí cath eatarthu i ngar do Dhún Ard in iarthar Chill Mhantáin. Thacaigh Aodhán le Brandubh, agus ghuigh sé rath agus cúnamh Dé ar na saighdiúirí an oíche roimh an gcath.
Ghuigh Aodhán i rith na hoíche lena lámha sínte amach. Tar éis do an bua a fháil, chuir Brandubh atheagar ar an ríocht agus, ag sionad speisialta, chuir sé críoch fhairsing le deoise Fhearna (rinneadh athbhreithniú air seo ag Sionad Ráth Bhreasaíl i 1111, tuairim is 480 bliain tar éis bhás Aodháin). Ceapadh Aodhán ina ardeaspag ag a raibh údarás spioradálta maidir le gach easpag eile i gcríocha Bhranduibh. Le na tréimhse 30 bliain dár lean, bhunaigh Aodhán séipéil, mar shampla i gCluain Mór (i

ngar do Bhrí) agus i dTeampall Seanbhoth i measc áiteanna eile. Mheall sé tuilleadh leantóirí agus d'oirnigh sé tuilleadh easpag. De réir cuntas amháin ar mhealltacht Aodháin, bhí sé ag taistil ar charbad nuair a chas sé le buachaill óg a chuidigh leis pailis adhmaid a oscailt. Crónán ab ainm don bhuacaill, agus chinn sé Aodhán a leanúint. Oirníodh é ina easpag, Mochua, blianta ina dhiaidh sin.

Ní i nDeoise Fhearna amháin a d'fhan Aodhán. Thaistil sé go Luimneach chun aighneas a réiteach agus tugadh tailte dó, mar ar thóg sé mainistir Chluain Cath. De réir tuairisce, d'athbheoigh sé bean rialta i gclochar Naomh Íde i gCill Íde trína bhachall a leagan ar a colainn. Tá sé ráite gur bhunaigh sé mainistreacha i nDroim Leathan i gContae an Chábháin, i Ros Inbhir i gContae Liatroma, i bPort Láirge agus in go leor áiteanna eile.

De réir tuairisce, d'fhill Molaise, cara Aodháin le linn laethanta a óige, ón Róimh agus thóg leis go leor iarsmaí mar bhronntanas dá chara i bhFearna. Bhí rún ag Aodhán an turas mór chun na Róimhe a dhéanamh ach thug a chuid phaidreoireachta air fanacht in Éirinn. Nuair a fuair sé na bronntanais sin, ghabh sé buíochas le Molaise, á rá go raibh sé breac leo amhail is go raibh sciathlúireach á caitheamh aige. Dúirt Molaise go nglaofaí scrín bhreac Mhaodhóig ar scrín na n-iarsmaí sin choíche.

Cailleadh Aodhán an 31 Eanáir, bliain éigin idir 620 agus 632 (níl na cuntais ar aon fhocal). Bhí sé 71 bhliain d'aois, duine an-chríonna ag an am. Deir martarlaig na Róimhe an méid seo a leanas faoi: "Leanbh paidreoireachta a bhí ann a thóg Naomh Dáibhí le rialacha manachúla agus foirfeacht na Críostaíochta. Bhunaigh sé go leor séipéal agus mainistreacha in Éirinn agus thug sé do líon mór anamacha an méid a d'fhoghlaim sé óna shármháistir léannta."

Cérbh é Naomh Aodhán?

Cérbh é an fear seo, Aodhán? Cérbh é an fear naofa seo a chuir athbrí sna mairbh agus a mheall an oiread sin umhlaíochta agus deabhóide? Cérbh é an fear seo a thug ar thaoisigh réigiúnacha a dtailte a thabhairt suas agus daoine a spáráil tráth ar cuireadh daoine chun báis go rímhinic?

Anuas ar na scéalta agus an seanchas i stíl an Bhíobla, is beag atá ar eolas againn faoin bhfear é féin. Ach tugann gnéithe dá bhfuil ar eolas againn léargas air. Duine léannta liteartha a bhí ann, rud a raibh an-mheas air an tráth sin. Is léir go raibh bua an eagrúcháin agus an riaracháin aige agus gur mheall sé na daoine ina thimpeall. Duine an-shiúlach a bhí ann le hais lucht a linne (cé go raibh daoine áirithe níos siúlaí fós; rinne Molaise, cuir i gcás, turas mór chun na Róimhe). Bhí an aigne phágánach i réim nuair a bhí Aodhán ar an saol, agus ba rud nua é reiligiún aondiach na Críostaíochta do na pobail lenar chas sé. Níorbh ann don náisiúntacht de réir mar a thuigimid inniu í. Ba iad na taoisigh réigiúnacha agus na hardríthe a rialaigh Éire. Ní raibh náisiúnachas na hÉireann ar an bhfód go fóill.

Cén fhianaise fhisiciúil a d'fhág Aodhán ina dhiaidh? Fíorbheagán, i bhfianaise an mhéid ama atá caite ó cailleadh é. Is é an t-aon ghné i bhFearna a bhfuil ceangal fisiciúil aige lena shaol an fuarán buan a éiríonn faoin mbóthar N11 lasmuigh de bhaile Fhearna. Ritheann an fuarán sin, a úsáidtear go laethúil, isteach i "Sruthán Barney" agus ar aghaidh i dtreo na Banna. Ba chuid lárnach d'Fhearna Tobar Naomh Maodhóg riamh anall, ó is é is bunús leis an mbaile. Foinse na beatha foinse fíoruisce, rud nach bhféadfaí luach a chur air. Tá an tábhacht sin le sonrú sna hiarsmaí seandálaíochta ón gCré-umhaols a thángthas orthu sa cheantar.[9] Ní de thaisme a fuarthas na hiarsmaí ansin i bhfochair an tobair. Is cruthúnas é go raibh daoine ag maireachtáil i bhFearna i bhfad sular saolaíodh Aodhán. Is i ndiaidh bhás Aodháin a tógadh na seanfhoirgnimh atá le sonrú i bhFearna go fóill: an Mhainistir Agaistíneach, Ardeaglais Fhearna, Eaglais Naomh Peadar agus Caisleán Fhearna. Ar an gcaoi chéanna, d'ainneoin a hársaíochta, níl aon fhianaise dhíreach ar sheal Aodháin mar nóibhíseach ar fáil in Ardeaglais Naomh Dáibhí sa Bhreatain Bheag.

De réir *A Dictionary of Irish Saints*, is iomaí Naomh Aodh agus Naomh Aodhán a bhí ann.[10] Luaitear Maodhóg eile le Cluain Mhór Cheatharlach, ach is cosúil nach ionann iad. Déantar pátrún Mhaodhóg Cheatharlach a chomóradh an 11 Aibreán. D'fhéadfadh sé gurb é an duine céanna atá i gceist le roinnt de na hainmneacha a liostaítear.

Is é an naomhsheanchas agus na beathaisnéisí a scríobhadh faoi Aodhán agus naoimh eile na príomhfhoinsí atá ar fáil dúinn. Ní folár nó go bhfuil na beathaisnéisí sin bunaithe ar shaothair níos sine nach ann dóibh

a thuilleadh. I bhfianaise an mhéid ama atá caite ó shin, is díol iontais é an méid ábhair a tháinig slán maidir le cuntais na Meánaoise. Sampla a bhfuil dlúthnasc aige le Fearna is ea *Liber Kilkenniensis*, leabhar a thiomsaigh an tEaspag Ailbhe Ó Maolmhuaidh, arb as Fearna dó ó dhúchas. Scríobh an Bráthair Mícheál Ó Cléirigh, duine de Mháistrí na nAnnála, cuid mhór faoi bheatha na luathnaomh. Deirtear gur bhásaigh Aodhán i séipéal a bhunaigh sé ag Ros Inbhir ar bhruach Loch Meilbhe, agus gur tógadh aniar dá ionad easpaig i bhFearna é lena adhlacadh in Ardeaglais Fhearna.[11]
Is cinnte nach é an cumhdach tuama Meánaoiseach uaigh an naoimh, in ainneoin an tseanchais a deir a mhalairt. Cuireadh ann é na céadta bliain tar éis bhás Aodháin agus is é John St. John, Easpag Fhearna a mhair i bhfad i ndiaidh ré Aodháin, a léirítear ann. Tugann an tsamhail chun cuimhne i gcónaí an tuama ornáideach a tógadh tráth dá raibh in aice áit adhlactha Naomh Aodhán, bunaitheoir spioradálta Fhearna.

Ní féidir an áit ar cuireadh Aodhán a dheimhniú go cinnte. Deirtear go raibh scrín ann go fóill in aimsir Dhiarmaid Mhic Mhurchadha. Is léiriú é ar ársaíocht Aodháin go raibh an naomh marbh le 530 bliain nach mór tráth ar bhunaigh Diarmaid Mac Murchadha an mhainistir Agaistíneach i bhFearna in 1161 AD. Is rídheacair an fear seo, gléasta i gcraicinn ainmhithe agus iarsmaí lonracha ón Róimh, seans, a shamhlú. Ghlan cogaí, suaitheadh polaitiúil agus caitheamh na mblianta gach rian fisiciúil a d'fhág an naomh misteach, an bunaitheoir deoise agus an ceannaire pobail seo.

Nótaí

1   Baineadh na sleachta faoi mhíorúiltí a luaitear le Naomh Aodhán ó *Lives of Irish Saints* le Albert Barry, Slánaitheorach (a foilsíodh in 1905).

2   Díol suntais an cur síos ar Aodhán mar dhuine dearmadach leisciúil in *Pembrokeshire Myths and Legends*, a chuir Andrew Dugmore i dtoll a chéile. Féach www.pembrokeshirepaths.co.uk

3   Tá mé fíorbhuíoch de Diane Hollgan as a cuirtéis agus a foighne agus í ag tabhairt rochtain dom ar Eaglais Naomh Aodhán in Llawhaden.

4   De réir argóint láidir a rinne Bremen Favreau, teangeolaí agus ceoltóir, chaith Aodhán seal dá shaol sa Bhriotáin.

5   Gabhaim buíochas le Gordan agus Jane Main.

6   In alt le Harry Jamshidian a foilsíodh an 26 Feabhra 2022 sa *Western Telegraph*, cuireadh ar na súile dom go raibh an eaglais le dúnadh ceal daoine sa phobal.

7   Francis Jones, *The Holy Wells of Wales*, a foilsíodh den chéad uair in 1954.

8   Phil Cope, *The Living Wells of Wales*, 2019.

9   Féach https://www.archaeology.ie/monument-of-the-month/archive/ferns-co-wexford

10 Tagraítear do 13 dhuine a raibh na hainmneacha sin orthu in *A Dictionary of Irish Saints,* le Pádraig Ó Riain, Four Courts Press, 2011.

11 Tagann cuid mhaith den ábhar foinse maidir le luathstair Fhearna ón taighde luachmhar a rinne athair agus mac, Philip agus Herbert Hore, ársaitheoirí, sa saothar iontach *History of the Town and County of Wexford* (1916). Tá an bhunchóip á coimeád i gColáiste Naomh Peadar i Loch Garman.

Foinsí

Lives of Irish Saints, An tUrramach Albert Barry, Slánatheorach (1905)
A Dictionary of Irish Saints, Pádraig Ó Riain (2011), Four Courts Press
Celtic and Early Christian Wexford, Edward Culleton (1999)
A History of the Town and County of Wexford, Philip agus Herbert Hore (1916)
Western Telegraph, Feabhra 2022
www.archaeology.ie
www.pembrokeshirepaths.co.uk

Peter Rowland

St Aidan's Church, Llawhaden Eaglais Naomh Aodhán, Llanhuadain

Biography Beathaisnéis

Christopher Power has a keen interest in history and the many links which connect our shared past. A native of north County Wexford, he lives in Ferns. He works as a librarian in County Carlow and has written a number of local interest books exploring various interesting historical stories from several counties. These include: *Lives Cut Short: the casualties of the 1916–1923 period associated with County Carlow; Fortress Arklow: the battle for Arklow Bridge Saturday 9th June 1798; A History of Ferns; The Last Dalcassian Bard: the extraordinary life and works of Michael Hogan; Visitations of Vengeance: Incidents from North Wexford; From Tyranny to Treaty: 1916–1923 in South Tipperary, Rebellion in the School House: The 1916 rising in Ferns*; and *Arklow's Industrial revolution: a history of Kynoch's Munitions Factory.*

Tá suim mhór ag **Christopher Power** sa stair agus sna naisc stairiúla idir pobail. Is as Contae Loch Garman dó ó dhúchas agus tá cónaí air i bhFearna. Leabharlannaí é i gContae Cheatharlach agus scríobh sé roinnt leabhar faoi stair áitiúil spéisiúil i gcontaetha éagsúla. Ar na saothair sin tá: *Lives Cut Short: the casualties of the 1916–1923 period associated with County Carlow; Fortress Arklow: the battle for Arklow Bridge Saturday 9th June 1798; A History of Ferns; The Last Dalcassian Bard: the extraordinary life and works of Michael Hogan; Visitations of Vengeance: Incidents from North Wexford; From Tyranny to Treaty: 1916–1923 in South Tipperary, Rebellion in the School House: The 1916 rising in Ferns*; agus *Arklow's Industrial revolution: a history of Kynoch's Munitions Factory.*

Diolchiadau
Mae nifer o bobl wedi cynorthwyo gyda'r prosiect hwn ac wedi helpu gyda'u mewnwelediadau, eu cyngor ymarferol a'u hanogaeth. Hoffwn ddiolch i Denis Kinsella, Aidan Brady, Gordan a Jane Main, Diane Hollgan, y Tad Jim Doyle o Blwyf Enniscorthy, Ruth Jones, Bremen Favreau, Eoghan Greene a Catherine MacPartlin.
Christopher Power

Acknowledgements
There are many people who have assisted in this project and have helped with their many insights, practical advice and encouragement. I wish to thank Denis Kinsella, Aidan Brady, Gordan and Jane Main, Diane Hollgan, Father Jim Doyle of Enniscorthy Parish, Ruth Jones, Bremen Favreau, Eoghan Greene and Catherine MacPartlin.
Christopher Power

Nóta buíochais
Chuidigh go leor daoine liom an togra seo a dhéanamh trí léargais, chomhairle phraicticiúil agus mhisneach a thabhairt dom. Is mian liom buíochas a ghabháil le Denis Kinsella, Aidan Brady, Gordan agus Jane Main, Diane Hollgan, an tAthair Jim Doyle Pharóiste Inis Córthaidh, Ruth Jones, Bremen Favreau, Eoghan Greene agus Catherine MacPartlin.
Christopher Power

Testun **Text** Téacs Christopher Power

Ffotograffau oni nodir yn wahanol **Photographs** unless otherwise credited
Grianghraif i gcás nach sonraítear a mhalairt Christopher Power

Dylunio **Design** Dearadh Heidi Baker

Cyfrol 3 yn y gyfres:
Ffynhonnau Sanctaidd Llwch Garmon a Phenfro

Volume 3 in the series:
Holy Wells of Wexford and Pembrokeshire

Imleabhar 3 sa tsraith:
Toibreacha Beannaithe Loch Garman agus Sir Benfro

Ymholiadau hawlfraint **All copyright enquiries** Gach fiosrúchán maidir le cóipcheart:
Parthian Books, Cardigan, SA43 1ED **www.parthianbooks.com**